千寻 与世界相遇

樂府

·

心里满了，就从口中溢出

LONG WAY DOWN

最 长 的 一 分 钟

[美] 贾森 · 雷诺兹 / 著
徐 涵 / 译

北京联合出版公司
Beijing United Publishing Co.,Ltd.

献给

所有兄弟姐妹们

所有我见过的、没见过的

我爱你们

今时今日

说什么事
人们都习惯当放屁

所以接下来
我要讲的故事
也从未说给谁听

说句实话
听到这个故事的你
估计也未必相信
估计也会觉得我满嘴胡扯
觉得我脑子有病
可是你听好了：

这事千真万确

是我亲身经历
真得不能再真

真得让人

不得不信

我的名字

叫威尔
大名叫威廉
威廉·霍洛曼是我全名

不过我的朋友
还有认识我的人

都只称呼我威尔
这样才显得亲昵

告诉你们这一点
是让你们叫我小名
因为等我讲完故事
你们要么
想跟我交个朋友
要么就是
完全不想跟我亲近

怎么都好
总之
你们不会
忘记我是谁
会把我
牢牢记在心里

叫我大名威廉的人

除了妈妈
就只有肖恩
我的亲哥哥
而且他这么叫
是故意显得自己很风趣

回想起来
我很后悔
自己以前没有配合他
没有陪他多笑几句

因为就在
前天
肖恩被人枪击

——死于非命

我不认识此刻读故事的你

不知道你姓甚名谁
不知道你有没有
如同兄弟
姐妹

父亲
母亲

叔伯阿姨一般的
兄弟姐妹父亲母亲叔伯阿姨
还有堂兄弟
堂姐妹
以及各种表哥表弟表姐表妹

不管怎么样
只要这些人体内流着
跟你一样的血液

你就永远不愿看到他们
血流如注
惨遭不幸

悲痛

不能自已
难以言喻

这样说吧
好比醒来时
有人
——完全陌生的人

把你牢牢按住
拿把老虎钳
直接伸到嘴里
紧紧夹住一颗牙齿

——还是口腔里面
最深处
最重要的那几颗

——不由分说拔起

想象一下
脑袋里撞击的声音
耳朵里感受的压力
还有嘴巴里血液开始汇集

最可怕的
绝对最难忍受的

还是舌头时不时

总会舔一舔
嘴巴里那个地方

心知这里曾经有颗牙齿

但如今只剩空气

这几个字太难说出口：

肖恩
死了
　　肖恩——
死了
　　　　　　　　肖恩——
死了

说出来的感觉如此诡异
又如此伤悲

但自己却没有
觉得不可思议

可这样一来
又觉得更加诡异

更加伤悲

前天

我正和好兄弟托尼
在外面聊天
说我俩今年都十五了
不知道会不会个头再蹿高一点儿

肖恩十五岁那年
他整个长高了三十厘米
说不定还是四十五厘米
于是他自己穿不下的衣服
我全都接了过来

托尼一个劲儿在说
希望还能再长高点儿
因为虽说附近同龄人里他打球最好
但是论个头他最矮

众所周知

要想在篮球上有所突破
个头太矮的话
除非弹跳时

——能飞起来

枪声就在此时响起

所有人吓得
奔逃
躲闪
藏匿
要不就是
缩成一团

都基本按照
平时紧急情况下的训练反应

脸紧贴地面
心中默默祈祷
自己能躲过
那乒乓的枪响
和嗖嗖飞过的子弹

枪响之后

我和托尼不敢抬头
按照例行训练
静等混乱情形安定下来
才敢缓缓抬头
探头出去

看看有几人不幸遇难

这一次
只有一位遇难者

——就是肖恩，我的哥哥

我从来没有

经历过　地震
不知道　地震时
是不是　很接近这种感觉
就是　仿佛地面
裂开　一条大口子
一下　就把我
吞了　进去

只要有人被杀，就有以下的常规反应——

首先：惊叫

不是说人人都会惊声尖叫
一般来说都是
　　　　　　　　母亲
　　　　　　　　女友
　　　　　　　　或者女儿

这次
是莱提西娅

肖恩的女朋友

她双膝跪地
在肖恩身边
亲吻他的额头

尖叫不停

也许她是想
自己的声音
可以产生奇迹
让肖恩死而复生
或者让鲜血凝结

可我想
在她潜意识的最深处
她很清楚

自己是在
与肖恩吻别

还有妈妈

揪心的哀号

　　　　　　　　　　我的宝贝
　　　　　　　　　　我的宝贝
　　　　　　　　　　为什么是你？

她守着我哥哥的尸体
久久不去
仿佛一根
灯柱
已然黯淡
失去光明

其次：警笛

声声警笛
尖锐刺耳
穿透这城市
万种声音

独独穿不透
人们的尖叫

尖叫声永远
盖过一切声音

甚至盖过警笛

最后：调查

警察拿着手电
照我们的脸
于是大家都面无表情

有人看到什么情况了吗？

问话的是位年轻警官
看起来人很老实
好像这对他来说也是头一回

这人一张嘴就知道是新手
问问题的样子
似乎真以为会问出个所以

有谁看到什么不寻常的人不？

我啥也没瞅见

回话的人叫马科斯·安德鲁
这一带就数他无所不知

——连他也知道
遇到这样的事情
装聋作哑，是最好的办法

免得听故事的你不明白

我是说——哪里有枪声
哪里就多了聋子瞎子
更别提还有人

送命

所以这种时候
最好让自己隐形
——人人都明白这个道理

就连托尼
此刻都跑得没影

我不大记得

警察有没有问我问题

也许问了吧
也许没有

因为我什么也听不清
耳朵里被心跳声占据
仿佛被人一头
按在水里

仿佛自己憋着气

——也许
我真是
憋着气
——真是憋着气
因为我想留住空气给肖恩
好让他再次呼吸

又或者
只想

跟他一起去

每当不好的事情发生

往往抬头看看天
天上就有一轮圆月
向我们洒下光辉

这种时候我总是心存宽慰

仿佛茫茫黑暗之中
还有一线光芒在头顶

然而前天
肖恩
死的夜里

——连月亮也隐匿

别人说
月亮每月都要黯淡一天
次日又会
重获新生
重现光明

要我说
月亮命好
不用生活在我们这里

因为在这里
永远没有变化与新生

我就这么站着

牙关紧咬
力气之大
简直要把牙齿磨碎

我看着肖恩
他就那样躺在地上
仿佛被人丢弃在外的家具

就像那种脏兮兮的沙发椅

他身上还挂着自己的金链

——那帮该死的

连这个都没来得及夺去

胡思乱想

鲜血染透
T 恤
蓝色牛仔裤和靴子
街灯之下
看上去就像巧克力糖浆

但我清楚得很
鲜血可一点儿也不甜蜜
跟巧克力糖浆

没一点儿关系

肖恩的手上

还拿着个
塑料袋

是去旁边小店买东西时拿的

白色的袋子
上面是红字

感谢惠顾
感谢惠顾
感谢惠顾
感谢惠顾
感谢惠顾
感谢惠顾
感谢惠顾

还有——**祝您今天过得开心**

袋子里装着

一块特殊肥皂
是买给妈妈的

——因为她最近长湿疹

我曾见妈妈
拼命抓挠
直到最后皮肤
鲜血淋漓

一边挤脓
一边去死皮

一边骂骂咧咧
说有什么看不见的东西
在要她的命

也许真有什么看不见的东西

在想方设法
把我们

一口、一口
好像牛肉一样

吃得干干净净

这些牛肉

这儿一块、那儿一块
就像那些名牌 T 恤

永远熨不平
永远松垮不合身

一代一代就这样
好比黄铁冒充黄金
以为是藏宝图
其实只会把人引向歧途

就这样找上我哥哥
一脚踹开他人生的大门

夺去他的一切
只留下金链一条

后来，黄色的警戒线拉起

上面写着“不得进入”
至此再无什么可做
只能回家待着

拉警戒线是要告诉人们
这里是谋杀现场
——仿佛人们还需要提醒

人群散去
有的住附近
有的沿街回去
只有警戒线留在这里

肖恩被放进运尸袋
袋子拉链拉起
就这样推走
马路上他留下的鲜血
和那些粘在地上的口香糖混在一起
黄色的警戒线围绕之下
仿佛一件艺术作品

明天
孩子们还会来这儿
玩扮死尸的游戏

回到八楼的家

我把自己锁在房间里
拿枕头盖住脑袋
好挡住妈妈的哀鸣

她正在厨房
双手掩面一个劲儿啜泣
手松开时只是为了举起酒杯

喝一口她就安静一小会儿
她安静一小会儿
我才能喘一口气

我也想哭

感觉
自己紧绷的脸
里面锁着另一个人
被压着不能出去

眼睛后面仿佛有一双拳头
在砰砰击打
喉咙里
吞咽口水的地方
有一双腿
在一个劲儿猛踢

镇静点儿，我轻声告诉他
坚强点儿，我轻声告诉自己

因为
哭泣
不符合

规矩

规矩

第一条：关于哭泣

不许哭泣
无论如何
不许哭泣

第二条：关于告密

不许告密
无论如何
不许告密

第三条：关于报仇

如果自己所爱的人
被人杀害

那就找到
杀人凶手

然后
要他们偿命

这些规矩

不是

我哥哥所定
不是他的朋友
或者爸爸
或者叔叔
或者外面的人
　　——或者那些江湖混混和拿枪的人所定

更绝对不是
我自己

还有，这些规矩

从来不可违背
受害者只能

照此执行

我们兄弟俩的卧室，方方正正，黄不拉叽

有两张床
　　一张在门左边
　　一张在门右边

两个床头柜
　　一个在门左边的床前
　　一个在门右边的床前

房间正中
　　是一台小小的电视机

肖恩的床在左边
　　收拾得堪称完美

我的床在右边
　　猪窝一般凌乱

他那面的墙上
　　挂着 Tupac 的海报
　　还有一幅是 Biggie[①]

我这面的墙上
　　则是草草写就的一个变位词
　　用的还是铅笔
　　以防妈妈让我自己清理

写的是：SCARE（恐惧）＝ CARES（关心）

---

① 两人均为美国知名说唱乐手，并且都死于枪杀。

变位词

意思是拿一个单词
将其中的字母顺序重组
然后变成另一个词

有时候这两个词
还能产生联系
比如这个：
CANOE（小船）= OCEAN（海洋）

一样的字母
组成不同的单词
放在一起
还能意义相关

——这关系正像兄弟

中间的抽屉

是房间里肖恩那边
唯一不够整齐的地方

就像完美的口腔里
一颗突兀走形的牙齿

这个抽屉夹在上下抽屉之间
上面抽屉里

整整齐齐叠成方块
看上去好像大楼一层层
都是衬衫
下面抽屉里
则是袜子和内衣

就这个抽屉不按规矩
夹在中间
歪着，没有关紧

看起来
仿佛中间抽屉是故意这么顶着
让我和妈妈离它远点儿

——因为它要把肖恩的枪装进去

我不想假装

说肖恩是那种
晚上按时回家的人

那种随时会打电话
汇报自己的行踪
跟家里报平安
说自己跟谁在一起
在干什么事的人

因为他不是这种人

十八岁以前还不一定
可十八岁之后妈妈决定
自己只能对他放开手
只有双手合十

为他祈祷的份儿

祈祷他别被抓去坐牢
祈祷他别搞大莱提西娅的肚子
祈祷他别

——撞上　　　死神

妈妈以前总是说

我晓得你还年轻
总得浪荡一阵子
但总之你要记住
晚上跑出去走夜路的时候
小心
别被夜魔贼盯上

不过她说这话的时候
估计肖恩带着耳机
里面正放着

Tupac 或者 Biggie

所以，一般情况下

晚上
我爬上床
在房间的一边
蜷起身子准备睡觉
眼睛正望见肖恩的床头柜上
那半瓶古龙香水

还有那个关不紧的中间的抽屉

看着看着逐渐睡去

——房间只有我一人而已

但我从来不去碰他的东西

因为大半夜的
脑袋被夹住不放
可不是什么好玩的事情

从那次以后
我再也不敢去碰

他的任何东西

以前可不是这样的

那会儿我十二，他十六
我们可以互喷到其中一个气昏过去

肖恩经常跟我说起他跟女孩子的事
我也跟他聊我瞎编出来的女孩子

而他也假装相信
就为了让我高兴

他给我讲一堆逸事
以证明最好的说唱乐手必然是 Tupac 和 Biggie

可我心里总觉得

人们这么热爱这两位
只是因为他们死于非命

我十三岁那年

肖恩为了庆祝我进入少年时期
给我喷了一下他那瓶
快要过期的古龙水
还说我女朋友
——那是我第一位女朋友
一定中意

结果女朋友完全不喜欢
而我最后还跟她分了手
原因是

对我来说

她那皱鼻闻香水的样儿
很滑稽

肖恩认为我这事

愚蠢透顶
但又无比滑稽
值得对我
尽情揶揄
叫我
大名“威廉”来恶心我

又给我来一记锁头功
只不过感觉
不像脑袋被夹
而是像拥抱一样亲密

如今，这瓶古龙水

再也不会
减少

我睡觉时
再也不用担心
如果我碰了他的东西
——任何东西
会不会又被一只手臂
将我脖子夹紧

可此时的感觉
恰似脖子被死死卡住
不断收紧
——只要我一想到
以后睡觉时
不得不接受
他再也回不来

这家里再也没有他的踪迹

此时我想
以前应该更加爱他

——应该当他是我最亲的兄弟

可这么想又无意义
因为我只有这么一个哥哥
——他本来就是我最亲的兄弟

就是这么突然

我们两个人的房间

变成一边有人
一边空空荡荡

从中间隔开两个世界

一半空空如也
冷冷冰冰

另一半的我
心中好奇
想着那个抽屉

——这一切的中心

中间的那个抽屉在对我呼唤

关得歪了，看着多么别扭
似乎标志着里面放的东西
可以并且应该拿出来
伸张正义

我拉了拉、抽了抽
一拽、一扯
终于把抽屉
打开了一条缝隙

大小正好
够我这十五岁少年的手指
伸进去摸到

那钢铁的冷冰冰

枪有很多称呼

可以叫 cannon（大炮）
可以叫 strap（皮带）
可以叫 piece（部件）
可以叫 biscuit（饼干）
可以叫 burner（火炉）
可以叫 heater（加热器）
可以叫 chopper（斧头）
可以叫 gat（手枪）
可以叫 hammer（锤子）

还可以叫 tool（工具）①
专用于践行“第三条规矩”

① 以上名称均为英语俚语中对“枪”的称呼。

说到这儿，我想起卡尔森·瑞格斯

大家都知道他是个大嗓门
说话吵人简直就像警笛
但人偏偏是个软脚猫
跟他的名字一样软弱无力

大家都说他

因为个儿矮，所以满嘴狠话
不过我认为他这么做
是因为从小他妈就逼他练体操健美
穿着紧身衣翻筋斗
这样的人
怎能不学会保护自己

——至少也得学会怎么说话恶狠狠

瑞格斯和肖恩算是朋友

但他就为肖恩干过一件好事
　　那就是教他怎么挂膝回环

而他为肖恩干过最坏的事
　　就是开枪将他击毙

挂膝回环

就是头朝下
腿朝上
倒着挂在单杠上
前后晃荡
越荡越猛
直到时机恰当
突然松开腿
凌空飞出
然后寄希望于
双脚先着地

时机最重要

如果腿松开得太早
那就脸先着地
如果腿松开太晚
那就摔到后背后脑勺
要想操作得当
必须时机把握得刚刚好
肖恩教过我

该怎么把时机掌握好

如果既会挂膝回环
又能后空翻（不是侧翻哦）
那你在我们这儿就是国王
肖恩两样都行
所以在这片儿
对于我和托尼，还有其他所有朋友来说
他就是国王
当然
他也一定要把我捧成王子

——这你得知道

我之所以感觉（认定）瑞格斯是凶手

原因一：地盘问题

瑞格斯最近
搬到另外一片地区
那里混世嚣张的
是叫“黑日”的一帮道上兄弟

瑞格斯很想跟着他们混
因为他不想再嘴上发狠
光打雷
不下雨

他要找人罩着他
就是自己地盘上的这帮兄弟
而黑日帮每天就盼着有人跨界
闯到他们的地盘去

这帮人的地盘
离我家就九个街区
交界处碰巧
有家街头小店

——里面碰巧卖一种特殊的肥皂
前天
妈妈要用这种肥皂治湿疹
于是叫肖恩去

原因一的补充：生存技巧（大白话）

跟
人
死
玩

要不就

被
人
玩
死

原因二：犯罪剧

我从小到大跟妈妈
看的最多就是犯罪剧

警察还没搞清楚情况
我就猜出凶手是谁

写变位词、辨凶案
这方面我天赋异禀

原因三：

……除了他还能有谁

我从没拿过枪

连摸
也没摸过

这枪
没想到那么重

就像
提着个婴儿一样

只是我
心里清楚

开枪的声音
震耳欲聋
可不像婴儿的啼哭

走廊的声音

是妈妈
一路哭哭啼啼
踉踉跄跄走向洗手间

我赶忙关了墙上的开关
整个房间陷入黑暗
我一头倒在床上

像掉牙的时候把牙藏起来一样
把手里的枪
塞进枕头下面

睡眠

离我而去
时间之久
仿佛永远

躲着我
就像以前
我怕疼躲着肖恩

直到最后
没有受苦的风险了
才敢偷偷一瞥

早上醒来

我努力回想
自己有没有
梦到什么东西

估计是没有
所以我只能假装
肖恩真的
出现在我梦里

这样我才没那么难受
没那么内疚
他死的这个晚上
我居然可以入睡

不过内疚还是伴着我

起床的时候
呼吸空气的时候

舒展身体的时候
打哈欠的时候

还有就是
伸手从枕头下拿枪的时候

我手指紧紧握住

枪的手柄
把手指
按在肖恩的手印上
就像弟弟
握着哥哥的手一样

带着我去商店买东西
教我怎么挂膝回环

要是太早松腿
你就会跌个嘴啃泥
要是太晚松腿
就仰天摔在地
要想双脚着地
一切全在于把握时机

洗手间里

镜子中
我脸上松松垮垮
仿佛悲伤
要把我整张脸
扯掉一样

——行尸走肉

我睡觉
没有脱衣服
所以浑身汗味
还有死亡的味道
都留在棉布里
闻起来仿佛鱼油一般恶心

我特别难看

我特别糟心

——那又怎样！

我把这把“火器”（手枪）

插在后腰
牛仔裤的腰带上
手柄顶出来
屁股上像长了条
　　　　　　钢铁的尾巴

我用自己大码的衣服
盖住手柄
就是肖恩传下来的
　　　　　　那种名牌 T 恤

我的计划

是在瑞格斯他家楼门口
守着他现身

在他加入黑日帮之前
我跟肖恩
经常在他家厮混

就是从那时起
为了给妈妈买特殊肥皂
肖恩经常过去

我估摸着早晨去最安全
只要时机把握得当
他的手下还不会出门

不会有人怀疑到我
我只要去按门铃
让他下来开门

门一开我就
拉起 T 恤、遮住口鼻

——报仇雪恨

厨房里

阳光透过窗户
射入
笼罩着妈妈
她正在餐桌边酣睡
头枕着胳膊
胳膊又红又肿

也许她一整夜都在挠痒
也许死命想挠掉心里的愧意
我很想叫醒她
告诉她这事不是她的错
可是我没有

我只是带着那把沉沉的枪
轻轻走过
地板上嘎吱作响的地方
我不想吵醒她
跟她解释自己要去哪里

——让她再伤一次心

走廊里

黄色的灯光
好像萤火虫
我跟肖恩小的时候
经常抓萤火虫来玩

我们拿个用完的蛋黄酱瓶
洗干净
把虫子装到里面去
一次装四五个

肖恩把瓶口拧紧
我们俩就坐在长凳上
看着这些萤火虫
在瓶子里飞来飞去
困在里面
互相碰撞
直到最后
光亮一点、一点
消失褪去

电梯里

后背已经隐隐作痛
极不舒服
那把枪插在身后
就像块砖头
一走路
就磨着我的皮肤

我伸出手
去按电梯
这一刻
仿佛时间骤停

按钮上
是黑色的箭头
笼罩在白色的背光里

下
往下
下，下，下
一直
往下去

7

有件事很奇怪

在电梯里
不管哪里的电梯

只要有人进来
不管是谁
都是这种反应：
先检查一下
看自己要去的楼层
那个按钮是不是已经点亮
如果没有人按
他们就按一下
然后就面对电梯门

——不言不语

新进来的
不会跟电梯里其他人
说句话
而已经在电梯里的人
也不会跟新来的
有什么言语

也许
这就是
电梯里的规矩

不交谈
不看对方
就这么站着
瞪着电梯门
静等

09：08：02

有个人进了电梯

年纪肯定比我大
但是也不算老
肤色浅棕
瘦瘦的
两边头发向下垂着

不过他脸上没什么胡子
剃得干干净净

脖子上挂着
大金链子
好像变魔术用的套绳

他看到电梯里
“L”层[①]的按钮亮着
就安心站着

——看来也是要下去

① “L”在电梯指示中通常指代“Lobby”，即“大厅”，也就是一层。

“L”也可以指代“Loser”（废物）

我和肖恩小时候
每次进电梯都喜欢
默默等着看谁走进来
然后按下“L”一旦有
人按了我俩就忍不住乐
这一路向下到大堂去的电梯
之旅那家伙一路都是废物而我
和肖恩一路扬扬自得现在面前
这个戴金链的家伙走进电梯打量了
一下“L”按钮是否已按过使我不禁
想起往事并且心里疑惑说不定他很明白
在我和肖恩二人的世界里我已经沦为那个

“废物”

这种感觉很别扭

就是当你感觉
有人在盯着你看
而你
却没有看他的时候

以前在公交站

我也见过有姑娘在等车
旁边的男人都被她迷得神魂颠倒
腻成一团再也不硬朗
有的往后仰着身子
有的伸头伸脑
浑身肌肉都使上了
就为了一睹这妹子的容貌
肖恩也好
还有很多其他男的
都把这叫做

“长见识、饱眼福”

可是现在电梯里又没有女的
有什么见识可长?
有什么眼福可饱?

但这个人还在不断
将我打量
他想必不懂
如果他再这样
没事盯着人打量

那么
他
很可能要

“吃饱拳头”

09：08：04

我认识你吗？

我问他
有些不爽
准备发飙

这人笑了笑
把脖子上的金链
位置调了调

他紧紧盯着
我的双眼
眼神死死锁住我的脸庞

你不记得我了？

他问
声音低沉
好像哪里听过一样

我又仔细辨认
眯起眼认真看
努力把他的脸在心里对照

是，不大记得了

我回答道

结果他笑容更明显
一嘴牙齿参差不齐
尖利得像鲨鱼一样
然后他转过身去
让我看看
他 T 恤背后的图案

那是一张丝网印的照片图案
照片上是他自己
屈膝蹲下
竖着中指
脸上表情还带着笑

有个文字框里面写着：

瑞普 · 巴克已死，记得哀悼

我的腹腔

几乎要跳出胸腔
又或者
胸腔
几乎沉入腹腔

又或者
两者同时进行
——因为我想起这人是谁了

巴克?

我差点儿

向后跌倒

不可能
不可能

我背后不是印着名字吗?

他继续问

同时转过身来面对我

不可能
不可能！

你不是已经……

我开始结结巴巴

你不是已经……已经……

已经死了？

他接话说

说得干净利落
干净利落

我揉了揉眼睛

接着又揉了揉
接着又揉了揉
没完没了

是幻觉?

可是我从来不吸烟
也不酗酒

从不知道什么是最疯狂的经历
也不知道什么是最糟糕的感受

可是——也从来没遇到
死人跟我说话!

是啊

你不是死了？

我回答
一边说
一边盼望着
他会回答说
“我没死”
或者“我那是假装”
诸如此类

又或者
我会突然惊醒
一下在床上坐起
发现枕头下还藏着那把枪
妈妈还在厨房里睡觉

而之前都只是大梦一场

巴克看着我
他注意到我很慌张
所以轻声回答我

是，我确实是死了

我试过各种法子想醒过来

自己掐自己
还是胳肢窝里的肉
自己扇自己
打脸打得啪啪作响
还拼命眨眼睛
希望有效果

使劲眨眼
使劲眨眼
使劲眨眼

可是眼睛睁开

巴克还在面前看着我

我知道你们怎么想

肯定觉得我怕（得要）死了

其实我不用这么害怕

因为巴克
我从小就认识
对于肖恩来说
他就像唯一的大哥一样

肖恩跟他很熟
比我熟得多
他认识巴克的时间
比我们跟爸爸在一起的时间还长

好吧，我刚才说的不算

我确实害怕得要命

万一他是来
取我性命
拉我陪他
同赴地狱?

万一他是来
借我呼吸
拿我阳气
续他生命?

变位词之一

ALIVE（活着）= A VEIL（面纱）

09 : 08 : 05

我喘了口气，继续问：

你怎么会在这儿？

说着话
我抹了抹嘴角
心中暗想：

千万
别说来带我一起
千万
别说我这会儿也已经
一命归西

其实——

他一边回答
一边身子后仰
往我身后看
就是在公交站偷看姑娘的那副德性

我来
是为了我那把枪的问题

我的反应：

……

最后
几乎是耳语一般
他又说了一句

我看到你身后的武器哦

我的手往身后摸了摸

感觉到枪上的印记
摸上去
像是在抚摸自己

好像多了一截脊椎骨
从上到下
枪与后背连为一体

我也想过

把枪别在前面

可是以前肖恩说过
狗
哪怕是最恶的那种
也有尾巴夹在两腿间的时候

这说明它害怕

说明它
心虚

我记得

我当时把枪
交给了肖恩

巴克接着说

他那时跟你现在差不多年纪
我答应他让他帮我拿在手里
还教会他怎么用
跟他讲清楚规矩
而且还让他答应我
绝不让这把枪落到你手里

我回答
声音
特别
强硬

可枪还是到了我手里

找到这把枪我很高兴

正好解我燃眉之急

我继续

而且肖恩已经死了

这会儿说话也不用再小心翼翼
再说，我想巴克也应该知道
毕竟死人跟死人应该有通气
该死的
（怎么会想到这个上面去？）

就是昨天晚上
有人从小店那儿跟着他
趁他不注意
朝胸前开了两枪
就在我们这栋楼附近

我一边说
一边感觉到
一股苦涩怒火在胸中升起

不过我心里清楚
凶手就是黑日帮
瑞格斯那帮人
绝不会错

巴克交叉双臂，抱在胸前

哦，明白了

他说
摇摇头
嘴角微微动动
发出一声叹息

那你打算怎么办？

我的眼睛
变得刀锋一样锐利

怎么办？
该怎么办怎么办
换作是你
该怎么办？

我最后一锤定音

按老规矩办

09：08：08

电梯晃了晃

又震了震
然后抖来抖去
就像那个中间的抽屉
放错了位

我胆战心惊

这什么破电梯？
半天下不去？

我一边发问
一边砸门
使劲砸
跟怦怦的心跳一样大力

这台老破机器
一直都慢得要死

巴克接话道
咧嘴笑笑

知道
可这也太烦人

我回答
手心里汗津津

我看你还是悠着点儿

巴克说

这一趟下去
长
路
漫
漫

可能他没听清我的话

或者没有把我的话当真

人老了都是这样
总是觉得我说的话不对
总是一副我不当真的样子

但这次我是当真的

没有比这次更当真了

悠着点儿？

我顿时失控

悠着点儿？
我没时间悠着！
还有事要办
有任务要完成
有活儿要干！

我叫嚷着
感觉自己的男子气概
油然而生
双腿却抖个不停
仿佛在掩饰
自己的心跳

巴克大笑起来

笑
这种事
如果笑得大声
笑得猛烈
笑的对象是自己

那么听起来
感觉跟子弹
打出来
那“乓乓”的声音
一样凶狠

你有事要办？

有任务要完成？

巴克嘲弄道
抹抹眼角
笑出的泪水

对了，对了
你是按照规矩来的，是吧？

没错，正是按规矩

我回答
说着摆开架势
好让他明白
我这不是玩笑
百分百来真的

巴克手一伸
一把将我胸口按住
就像伸手
去按
那个“L”按钮

“L”意思就是“废物”

小威尔，可惜你
不是那块料

他说
语气非常狂傲

你哥有这个本事
可你——你不行

接着他问我

有没有检查下
看看枪
有没有上膛

——确实没有

——而且还不知道怎么弄
摆弄来、摆弄去
差点儿一枪
崩了自己

拿来给我

省得你
伤了自己

巴克轻轻掰了一下

——枪把那里
像个糖豆的凸起

十四颗子弹
加上上膛的一颗
一共十五颗

他说
然后啪一下
推回弹夹

全部装满
该有几颗子弹？

我不由得问了一句

十六颗
不过——多少都无所谓

09：08：11

他把枪伸过来

我去抓
可他不松手

我使劲扯、使劲扯
使劲拉、使劲拉

可他

不松手，就是不松手
笑嘻嘻，一个劲儿笑嘻嘻

跟他的名字的意思一样
不放弃[1]

---

① “Buck”在英语中有“抵抗，不松开”的意思。

终于巴克松开手

我一下摔倒在角落
狠狠撞在墙上

丢人丢到了底

　　　　　你不是这块料

他又说了一遍
接着不断重复这一句
不知他说话需不需要换气
然后他从口袋里
抽出一包香烟

往嘴里塞了一根
划了一根火柴
那声音仿佛打了个响指

——电梯骤停

6

半秒时间以内

我必须

镇静下来
抓住手柄
把枪别好
转过身
无视巴克
喘口气
站直身子
表现正常
表现自然
表现出的样子
让人感觉——
在电梯里
只有电梯的规矩
没有其他的规矩

一个女孩走进电梯

站在我身边
差不多跟我一个年纪
美丽不可方物
身穿花裙子
脚蹬平底鞋
　　　一点儿口红
　　　一点儿粉底
　　　淡妆总相宜
喷了点儿香水
　　　很香
　　　又很清新
　　　直接冲散了
　　　电梯里的烟味

她看了看

“L”层按钮有没有按过
而我

正用眼睛
从下往上扫过她的身体
从双腿
到她花裙子上的褶皱和叠起
她的胳膊
她的脖子
她的脸颊
她的头发

——最后
来了一个公交站动作
微微后仰
“大饱眼福”

可是身后的钢管
硌着我的后背
搞得我忍不住身子一缩
使我用意显而易见

——宣告失手

09:08:12

没想到

电梯里
居然还可以
抽烟?

女孩的开场白
带着讽刺
砸过来
可我一时震惊
竟没有注意到其中的讥讽

你……你看得见?

我回答的样子
呆里呆气
没办法
跟鬼魂
真不知如何交锋

也许她以为
自己进来之前
在电梯里抽烟的
是我?

因为她不可能看到
角落里的巴克
此刻正吞云吐雾
脸上的表情
仿佛在说
“赶紧结束”

嗯——当然看得见
这里处处都是烟雾

她说
想捂住
自己的咳嗽

她拿手在面前扇着
不让烟雾靠近
伸出拇指指了指巴克
他正摇头晃脑
吐出一个一个烟圈
又散在空中

她居然看得见巴克
看得见他？
看得见他！

接着
女孩转过身来
面向我补充

没想到
电梯里
还可以带枪？

她居然

可以看到巴克?
怎么可能?
我还以为
巴克

只是我心里的鬼
只是我脑子里
想象出来的而已

可是
连这个女孩
都看得到他
闻得到他的烟味
我不得不承认
这一切
并非做梦

此刻

读故事的你
估计已经
摇头不信
要不就是觉得我白痴

也许我是白痴

可我发誓
这一切都
千真万确

对天起誓

我也跟她一样

用手扇面前的烟雾
一边瑟瑟发抖
——因为她提到枪的事
一边疯了一样
往巴克那边瞅

——但他完全不管不顾

他只是向后靠了靠
又狠狠抽了一口
烟点着，可就是不见变短
还是一样的长度

有火
也有烟雾

但烟灰却没有

女孩拿手轻轻蹭我的手

想引起我的注意
在其他任何情况下
这都是我完美的
勾搭理由
至少我也会
模仿一下肖恩平时的样子

而他
起初又是跟巴克学的套路

只不过此刻电梯里有个鬼魂

所以
还是
收手

还有一条

一边想着杀人
一边想着接吻
这还真是难为我

女孩问我

你拿把枪
到底想干吗?

见我一副
迷惑的样子
(当然是假装
听不懂她的话)

她的舌头
轻弹牙齿
进一步指明

就是那把

09 : 08 : 15

下面的交谈非常直接

我可没有恶意
不过这种事
你又不认识我
可不能瞎问

我
还在努力
保持镇定

女孩点点头
回答道

有道理
非常对

话音未落

她一手搭在我肩膀上
手腕上的香水味
刺激我的鼻孔
然后她说

只不过
我绝对
认识你

威尔

我不想假装

自己确实有点儿激动

刚才说了
电梯里
当着一个鬼魂
再去打情骂俏
确实不合时宜

可是
我们总不会
在电梯里待一辈子

而且肖恩老是说
如果有女孩说她认识你
而你完全没见过
那说明
她对你有所注意
时刻关注你
经常观察你

这估计也是巴克教他的
我好希望是真理

在哪里？

我接着问
准备开始搭讪

你在哪里见过我？

女孩笑了
笑容都在眼睛里

游乐场

她回答

猴架[1]那里

① 供儿童攀爬的游戏架。

好笑

我回答
心里明白
她是在耍我而已

我可不是猴子荡来荡去

我又没说你是猴子

她回答

我可没骗你

那你认错人了
我又不是小孩子
怎么会在游乐场
像猴子一样荡来荡去

没错
可我认识你的时候
你就是那个年纪

她打开自己的手提包

在里面找了一番
拿出钱包
翻开
对着我
给我看里面的
一张照片
那动作好像电影里
白人们

展示
自己的宝贝孩子

我可没兴趣看人家的小孩
可是这照片里的两个孩子

——其中一个却是我自己

这是我和我朋友丹妮的照片

那时我们
都是小孩
才八岁

我穿着露膝盖的牛仔裤
还有肖恩传下来的
T 恤

丹妮里面穿短裤
外面套着一身花裙
照片里
她正握着杆子
像猴子一样挂在猴架上
小舌头吐出来
像粉红色的糖果

阳光照耀着我的眼睛
阳光就在她的眼里

09：08：18

还记得吗？

女孩接着问
收起钱包
一下子合紧

当然记得

我回答
心中疑惑
她怎么会认识丹妮

那是我人生中最美好的一天
也是最糟糕的一天

记不记得那天——

她顿了一下
把头一侧
手搭在后腰
胳膊往后摊开
然后接着说

——我亲了你？

我睁大双眼

你是——丹妮？

她就是丹妮
站在我面前的人
就是丹妮

穿的还是那条
花裙子

她的面容
比八岁那年
老了八岁
但还是

一样美丽

是，我记得

我记得
记得这事
记得拍照的时刻
可后来——

我说不出口

后来——

后来枪响了

她接话

枪声大作

枪声大作

无处不在
像放鞭炮
一般

丹妮说
她仿佛全身着火

只想跳出身体之外
飞到其他地方

就像我们在猴架上
假装的那样

此时此刻我犯恶心想吐

巴克只在一旁悠闲

嘿嘿笑着
烟卷在嘴里叼着
笑一声
就抖一下
仿佛钓竿一样
钓着条上钩的鱼
鱼钩从鱼头穿过去

我告诉丹妮

我记得当时
肖恩冲我们狂喊
让我们猫低身躯

然后他扑在我们身上
护着我们
把我们压在地上

我告诉她
我记得自己
从头到尾盯着她看

她的眼睛睁得老大
里面的光芒渐渐消失
她的嘴巴大张着
我看到她嚼的口香糖
还有

淋漓鲜血

我发誓

有时候我觉得
上帝是不是也会
把他孩子的照片
装在他的钱包里
满世界秀

有孩子们尴尬的时刻
也有妙趣横生的时候

不过有时候世界
并不想看
别人的孩子

而上帝他老人家
作为父亲又不愿勉强人
所以他有时候就啪的一声
合起钱包
不再搭理世人

那时大家说——

说你死了
我哭了一夜

我告诉她实情

然后第二天早上
一边吃煮老了的鸡蛋
一边吃甜麦片的时候
肖恩就跟我讲了
第一条规矩

——不许哭泣

丹妮死的时候

我的
感受
是人生第一次

前所未有

第二天早上
肖恩跟我讲完第一条规矩
——不许哭泣
然后我洗澡的时候
浑身抓挠
一心只想
抓烂皮肤
挖出眼球
一拳把什么砸个通透
砸墙也行
砸脸也行
什么都可以
就是想
一拳把什么
砸个大洞

变位词之二

FEEL（感觉）= FLEE（逃避）

很高兴

能再见到你，丹妮

我说这话
感觉很诡异
但是
真心实意

她长大了
变得好美丽

——如果没死的话
估计会长成美女

再见到你，威尔
我也很高兴

她咧嘴笑笑

可是你还没有
回答我刚才的问题

你拿把枪

到底想做什么？

09：08：20

我的脸

绷紧
僵硬

昨晚肖恩被人杀了

谁杀的？

你应该知道的啊！

威尔，快说，谁干的？

黑日帮
你记得那个瑞格斯不？
以前就住我们附近
一定是他

是他
一定！

丹妮死的时候

还不知道
我们的“规矩”

所以我跟她解释了一下
好让她别对我误会
以为我就会听别人定的规矩
以为我跟其他黑人孩子一样
拉帮结派
再祸害异己

好让她知道
我有自己的目的

好让她知道
这是为了家人

还要让她知道
那会儿她遇难的时候
如果我知道这些规矩
也会为她

做同样的事情

接着丹妮问我一个问题

要是你

没打中

该怎么办呢？

那——

我不会

我回答

如果打不中呢？

她接着问

我不会

我回答

你怎么这么肯定？

她接着问

我就是肯定

我回答

你以前开过枪吗？

她接着问

那无所谓

我回答

打没打过，无所谓

丹妮有点儿失望

她双手啪一下
拍在脸上
好像要
努力擦去脸上的焦虑

可她擦不掉焦虑
我也不指望
她能放宽心

我转身望向巴克

希望他来解围
来帮我一把
助我一臂之力
可他
不言不语

只是从口袋里
掏出烟盒
然后
伸手递给
——丹妮

巴克问她

来一根？

我估计
他这么做
可能就是想
缓和一下大家的情绪

谢了

丹妮回答
然后从烟盒里
抽出一根

你会吸烟？

我问她

你会开枪？

她马上回击
然后把烟
夹在闪闪的嘴唇间
俯身向前
准备点火

巴克划着
一根火柴

——又一次
电梯骤停

5

此时的电梯

简直就是个烟盒
灰色浓烟遍布其间

巴克和丹妮
在吞云吐雾
烟似乎永远抽不完

我以为
电梯门打开以后
烟雾会散一点儿

可是这些烟雾

就像乌云一般
锁在这个钢铁格子里

香烟的烟

怎么会像
毛毯一样厚实
怎么会像
暴风雪一般覆盖
怎么会像
电视雪花一样密集？

烟　　跟酒一样
有浓的
但是再怎么样
也不会浓成固体
把我裹在其中

我一边扇走烟雾，一边咳嗽

希望这会儿等电梯的人
不会再挤进这一趟

谁愿意
坐电梯时里面烟雾缭绕?

而且
谁知道这烟是真是假?

还有
谁愿意跟一个烦人的孩子
同乘电梯?

看我
左扇右摆
他们看不见的烟雾
把我弄得几乎窒息？

他们估计会
跟你们读故事的人
一个心理

我往后退了一步

给烟雾中挤进来的
侧影
让个位

让来人走进

丹妮和巴克
站在我身后
离得很近
我都可以感觉到——

——他们没有呼吸

09：08：22

两只大手

比印象中谁的都大
从烟雾中伸过来

又快又猛

一把抓住我的衣服
卡住我的脖子
把我拉过去不放
直到电梯关门

本来我已经呼吸困难
这会儿更加没法呼吸
在这么厚厚一层烟雾之外
眼前除了一片灰

看不清到底是什么人

接着，迅雷不及掩耳

那双手松开
继而胳膊把我的脑袋紧紧锁住

以前肖恩也喜欢这么干
而所有当弟弟的

——都特别烦这么一手

我隐约听到笑声

感觉就像被困在水下
隐约听到水面的波浪
淘气地把我脑袋按住
还笑个不停
一边笑一边把我往下压

该怎么跟水说
被淹死的感觉
一点儿不好玩？

后来这人终于把我松开

我抬头

找巴克
找丹妮
帮我

可他们都
躲到角落里
嘿嘿笑着
面容不清
只是一个劲儿

抽着烟

搞什么鬼？

我
大叫

一手去摸脖子
一手去抓屁股后面

没有夹起来的
那根“尾巴”

你的手去屁股后面掏什么？

掏出来想干什么？

这混蛋
刚刚还想
把我脖子
拧成麻花
这会儿却说

大侄子

大侄子?

大侄子

大侄子??

大侄子

他还在说个不停

这么久了
你还没学会
——反击？

我家

有很多
马克伯伯的
照片

照片挂在墙上
拍照地点就在附近
照片里
他总是和爸爸
——比他矮一头的弟弟
一起

他总是衣着讲究
一身西装，还戴各种饰品
耳后夹着一根香烟
随时准备上镜

就跟肖恩一样
帅气十足
仿佛知道闪光灯
什么时候会亮起

马克伯伯？

我
掏枪的手
老实地垂下
使劲咽了下口水

我不是做梦吧？

过来，孩子

马克伯伯对我说

让我看看你

我上前一步

他比我高一头
比谁都高一头
有一米九五
也许一米九八
（至少一米八）

他把双手
搭在我肩膀
那么重
压得我
膝盖都微微弯曲

跟你那死鬼老爸一模一样

他说

简直出自一个模子里

妈妈跟我讲过马克伯伯的两件事

第一：

他的妈妈
也就是我的奶奶
在他十八岁生日那天送给他一部摄像机
他总是带着
见到什么拍什么

街舞对战
黑帮火拼
街头派对

但是他真正的梦想，是去拍电影

《剧本梗概》

男主角：米奇，不花心，没女友，结果遇到——
女主角：杰茜，米奇房东的年轻女友

杰茜教米奇
该如何跟女孩相处
如何吸引她们的注意
米奇用这些方法
赢得杰茜的芳心
不过被杰茜的男友
也就是米奇的房东发现
将米奇和杰茜一起
从大楼里赶出去
从此二人无家可归

但是彼此相爱
快乐地在一起

想得还挺美

史上最烂、最白痴的电影选角

男主角：米奇
扮演者是马克伯伯的老弟
也就是我的爸爸
迈克

女主角：杰茜
扮演者是马克伯伯以前女朋友的妹妹
名叫雪莉
也就是
——我的妈妈

马克伯伯把我拉近

要抱抱我
可是跟一个鬼魂
拥抱
是怎么个操作法?

你知不知道

那种诡异的感受?

就是认识一个
你本来不认识的人

同时

你本来认识的人
又变得不认识

知道吗?

09 : 08 : 25

你怎么会在这里？

我问马克伯伯

该我问问题了
我不急不缓
仔细把他
上下打量

他想笑
可是最终脸上
还是被悲伤占据
仿佛冷风吹过干裂的嘴唇

估计他以为
我会很高兴见到他
事实上我是很高兴

但这样见面还是……

他的手

不停捋着衬衫前襟
拉平衣服上的褶皱
挺直身躯
整理自己

他的裤脚
刚好到脚上的皮鞋口
皮鞋的鞋带
系得一丝不苟
鞋擦得锃亮
一丝皱纹也没有
就好像
他压根儿没有
走过路

他一个劲儿捋着衣服
从胸部
往下捋到腹部
再一路到大腿

接着弯下腰
一根手指蘸了口水
去擦鞋头
一块根本看不见的
污迹

不如我来问你个问题

他说着
双眼突然盯着我

你怎么会在这里？

胡思乱想之二

永远
永远
永远

对于那种
拿一个问题
来回答另一个问题的人
永远要保持怀疑

通常
通常
通常

这都是陷阱

变位词之三

COOL（酷）= LOCO（疯）

你这话是什么意思？

我问他
默默祈祷着
谈话不会涉及
我心里的恐惧
和腰上别的
作案工具

我什么意思？

他站起身来

我什么意思？

他重复一句
双手合拢
手指相抵
指关节咔咔作响
发出世上
最标准的掰指头声音

听好了，孩子
休想骗我
也别想跟我演戏
要不就是你
老实交出来
要不就是我
把你勒紧

好，好

我只能哀求
想挡住他
不让他
又把我夹紧

是这样
马克伯伯
昨晚他们杀了肖恩
所以……

所以今天
你起来
决定要去
报仇雪恨？

我点点头

你这么干
是因为人生第一次
你感觉
或者你以为
自己可以
取人性命？

我又点点头

是不是？！

他又问一遍
提高声音

是的

可我还想为自己辩解一下

于是我说

规矩
就是规矩

马克伯伯很生气

闭上了眼睛

不知道
他是不是
在回想

那些“规矩”

他也知道“规矩”
跟我一样熟悉

别人教过他
他又教过自己的弟弟
他的弟弟 / 我的爸爸
又教给我的哥哥
然后哥哥又教会我自己

“规矩”就是
——规矩

以前是，现在是
一直到未来
永远都有这些“规矩”

马克伯伯紧紧捏着自己的双唇

仿佛要把它们
从脸上揪下去

然后
他睁开双眼

好，威尔

说话的样子
严肃至极

那我们不妨假设一下这场景

什么意思？
什么叫假设场景？

就是说，这件事会如何结局
会有什么样的场景
我们不妨表演一下
就像拍电影

马克伯伯解释说

我们来从头到尾演一遍
我先来，从头演起

场景构想

威尔站在
死去的哥哥肖恩面前
肖恩胸前两个弹孔
地上鲜血淋漓

威尔把他妈妈带回家
妈妈哭泣
威尔寻找自己哥哥的武器

威尔找到枪
躺下
脑子里想着道上的规矩
不许哭
不许告密
一定要以命相抵

第二天
他决定去找出杀人凶手
这人名叫瑞格斯

于是他走进电梯
来到底层大堂
走出去
路过哥哥留在地面上的血迹

他一直跑了九条街
来到瑞格斯的家里
见到瑞格斯
他掏出枪
然后——

说到这儿，我哑口无言

没法再
接着说下去
没法再
说一句
只希望马克伯伯会喊一声

CUT！

但他没有（于是假设场景还要继续）

来啊，继续演下去

前面部分描绘起来
都很顺利
一直到这最麻烦的结尾部分
我突然不知道
该如何继续

演完啊！

马克伯伯喝令
一旁的丹妮开始啜泣
巴克则冷笑不语

行，行

我回答
努力让马克伯伯
稍稍镇静

威尔掏出手枪
然后……

我又拖着说不清再次卡住

然后……然后……

我的嘴巴

干干的
想说什么
话语像口老痰
堵在喉咙里
一想到下面的事情
就好像产生了
过敏反应

场景（完结）

然后……

然后开枪

马克伯伯
帮我把话接了下去
他说得很慢
把“开枪”的“开”字
拖了老长的音

然后我
终于可以
痛苦万分地
把这个场景描述完
把这个情节收尾

然后开枪

在这儿得声明一下

这部假设的电影

绝对比
马克伯伯活着时候
想拍的故事
要好上百倍

这一点毋庸置疑

也许不像那个那么皆大欢喜
但是一定要好上百倍

关于马克伯伯的第二件事

马克伯伯后来
弄丢了奶奶给他的摄像机
上面录了
街舞对战
黑帮火拼
街头派对
还有他那俗不可耐的电影

他没钱再买一部机器
于是面临以下选择：
　　再问奶奶要一部
　　——这个毫无意义
　　去偷一部
　　——但他不想那么费劲
　　——也不想逃跑得那么累
　　也可以找份工作赚钱
　　——可工作也是那种
　　马克伯伯不愿意干的事情

所以最后
他决定
采取

这里许多人都会选择的办法

他本来计划

只是卖那么一天
而已

于是马克伯伯
找了个角落
口袋里装满“货”
准备换成现金

再也不愁经济问题

才一个小时
卖“货”的钱
已经足够
再买一部摄像机

可他决定
继续

想着反正就卖一天
干脆
干
到
底

各位读者

一定

可以
猜到

下面

发生的

事情

他就在那个街角

卖了一天
接着一个星期
接着一个月

——彻彻底底
成了个毒贩
赚大钱的
小鲜肉

可他早已成为
别人的目标
这人是个混混
出了名的狠毒无情

可是妈妈永远都不记得
他的姓名

这家伙

从马克伯伯手中
强取豪夺
要占这个地盘

整个过程一点儿不平静
周围路人纷纷
奔逃、猫低、藏匿、躲避
不敢掉以轻心
捂住耳朵
遮住眼睛

按照以往经验
——只顾保命

那些黄色的警戒线
他们只当作
附近流行的旗帜

没人拿来挥舞
却常常在风中飘摆不停

马克伯伯本应该

干完第一天
就老老实实去买部摄像机
老老实实拍他那白痴的电影

可惜
他再也不能拍摄[1]任何东西

——但是他弟弟，我爸爸
干了这件事情

① 这里也暗含“开枪射击”的意思，为后文埋下伏笔。英语原文中“shoot”的含义包括“拍摄”和“射击”。

变位词之四

CINEMA（电影）= ICEMAN（冰人）

胡思乱想之三

我也不清楚
“冰人”到底是个什么玩意儿
可它总使我想起
坏人

——冷血无情[1]

①英语俚语中“ice（冰）”可以用作动词，表示“干掉某人”之意。

09：08：31

回到现实——我终于把话说完

开枪

话一出口
时间仿佛
暂停

时间仿佛
进入我的身体
把我体内一切
撕咬
就像我自己
吞下自己的牙齿
这些牙齿在肚子里
锋利的程度
我始料未及

与此同时

马克伯伯
伸手
到衬衫口袋里
掏出两根香烟

真无语
又多个抽烟的

我只希望
那第二根烟
不是为我准备

我不抽烟
那玩意儿让我恶心

而且
电梯里
也不允许人抽烟
——我是说活人
真实的人
比如说我
自己

那么，下面这部电影怎么继续？

马克伯伯问
拿一根香烟
夹在耳后
手指捻着
另一根

没了
就这么多。结局

我耸耸肩

他把烟卷
夹在嘴角
摸摸衣袋
寻找火柴或火机

结局？

他喃喃低语
看了看巴克
示意他要借个火

永远也不会是结局

马克伯伯说了句
他嘿嘿地笑，嘿嘿地笑
朝巴克微微靠过去

永远

巴克又划了一根火柴

——于是电梯又一次骤停

4

这一次

没有烟雾
封住门口
尽管
有三个人

——我猜是人

——在电梯里
吞云吐雾

我知道
这不合情理
可是
且让我继续往下说

电梯门

缓缓滑开
门口站的人
真真切切

这个人
我
一眼就认出

从三岁起
我就一直盼着
他的出现

他就是迈克尔·霍洛曼

——我的父亲

09 : 08 : 32

我的爸爸

迈步走进电梯
往我面前一站
盯着我

仿佛盯着
他自己的倒影

仿佛他不是踏进电梯
而是踏进
时光机器

然后他伸开双臂
把我迎入他的怀抱
拥抱我
比全世界的拥抱加一起还紧

有没有一种拥抱

可以
将时光的肌肤
剥离
让那些
发硬和磨破的地方

那些受刺激的部位
那些流血的部分

全部
褪去?

爸爸松开手

看到自己兄弟
——马克伯伯
跟他双手紧握
然后一把扯过他
半拥抱致意

那动作
跟家里照片上的一样

电梯里
除了握手声
还有互拍后背时
闷闷的砰砰声
没有其他声音

对于爸爸

我没有什么记忆
肖恩老想让我
回想起爸爸的一些点滴

比如万圣节
他扮成迈克尔·杰克逊
小孩子挨家要糖之后
他就会带着我和肖恩
在电梯里上上下下
一边表演“太空步”
——迈克尔的拿手绝技
只不过电梯里空间有限
走不了几步就要撞墙上去

肖恩对天发誓
说我那时候笑得太厉害
笑得都放了屁
搞得整个电梯里臭气熏天

甚至控制不住尿了出来

那时我才三岁
这些事我一概记不起
我也想记得

可是不行

——真的记不起

一个叫“烂心”的家伙

杀了爸爸
妈妈
总是这样说

小时候
我老是想
这人
必定是
心脏坏了
就像有的人胳膊坏了
或者像坏了的玩具

——或者像那个
坏了的中间的抽屉

但肖恩的说法不一样

他总说
爸爸被杀
是因为杀了人
爸爸杀的
就是杀了我们伯伯的人

肖恩说
爸爸当时在电话亭打电话
很可能是打给妈妈
这时有人走近他

拿出一把手枪
抵着爸爸的头
问他认不认识
一个叫阿基的人

爸爸怎么回答的
肖恩也不清楚

——到此为止便没了下文

我以前经常问肖恩

他怎么知道这个事情
尤其是那个什么阿基

他说
是巴克跟他讲的
他说爸爸死的地方
正是巴克的地盘

从那以后
巴克开始照顾肖恩
那时候
肖恩才不过七岁年纪

巴克也才十六而已

可是以上一切往事
我都
完全记不起

威尔

爸爸的声音
听上去完全陌生

深沉
每个字的最后
都有点儿破音

我以前常觉得
肖恩以后

就是这种嗓音

你还好吧？

跟爸爸聊天时
特别诡异
因为尽管刚刚
亲热拥抱
但却感觉陌生人一样

还行吧，算是

我回答
不知道还有什么可说

当“爸爸”这个词
对你来说一直陌生
每次想说时
就好像要张开另一张嘴
这样的情况
如何还能跟爸爸寒暄聊天？

我很想宣泄一通

很想
跟他
说说肖恩的事情
告诉他妈妈
是如何哭泣
买醉
浑身奇痒地入睡
还有我自己的感受
以及那些
规矩

我很想告诉他
在这部闷死人的电梯里
发生的所有事情

但是我忍住了没说
因为

巴克
丹妮
还有马克伯伯
都看着我们
脸上
带着温暖而又诡异的
表情

我都知道了

爸爸说
然后
深深吸了一口气

我都知道
都知道
都知道

他的声音里
既有悲伤
也有爱意

我回答时
哽咽着
又想努力克制

可我不知道
不知道
不知道

我不知道自己该怎么办

我用手背

擦了擦脸
用手指
揉了揉眼睛
好揉去
几乎流出来的眼泪

不许哭泣

不能当着爸爸
不能当着丹妮
不能当着眼前任何人

——也不能当着其他任何人

永远也不能
——哭泣

你想怎么办？

爸爸问

按规矩办

我回答
跟对所有人的回答一致

就像你那时候一样

爸爸看了看马克伯伯

因为马克伯伯
突然问我
知不知道爸爸的往事

当然知道

我回答

他在电话亭
被人枪杀

爸爸脸上
扫过一层忧郁
张嘴欲说话
又改变主意
不过一转眼
他又恢复了之前的主意

你伯伯说的
不是这段往事
你只知道
我是怎么死的——

爸爸解释

可你并不清楚
并不清楚……

09：08：35

马克被杀时

我彻底崩溃
整个人变了个样
再也回不去
就像心裂成碎片
碎片还插在自己体内
这些想必你妈妈都曾经提起

那时你和肖恩都还很小
我就觉得自己没脸回家
自己配不上当个弟弟
还有什么资格
当别人丈夫和父亲

这事这么惨
我怎么能自称兄弟

不过我既没有哭
也没有去跟警察告密
我很清楚是谁杀的马克
很肯定能让他抵命

这就是规矩

规矩是马克教我的
而又是我们俩的老爸
教他这些规矩

所以那天晚上
我走了两条街

来到马克以前负责的地方
就是他卖货的地儿
守着，守着

最后从一栋楼里
出来一个哥们儿
闯进马克负责的这一片儿
抽出一包货
塞到一个顾客的手里

两人一手交钱一手交货
我一看就知道
这家伙就是
把我哥哥一枪干倒在大街上的东西

于是我开始行动
拉起衣服后的帽子
从腰上抽出枪
他看到我的时候
我已经扣动扳机

乓！乓！乓！

第三声枪响时
他已经倒地不起
不过我还是补了一枪
因为怒气攻心

怒气攻心

好像有什么东西
控制了自己的身体

爸爸说的

控制自己的
“什么东西”

一定就是
妈妈常说的

“夜魔贼”

爸爸接着说

说他撒腿就跑
跑得那么快
简直好像

腾云驾雾一样

他说自己
跑了老大一圈
直到藏好手枪
直到耳朵里再也听不到乓乓的枪响

回家以后

我洗了个热水澡
把水调到最热
热得可以
把浑身皮都烫掉

他说

我不敢亲吻你妈妈道晚安
也不敢亲吻你们兄弟俩
我就那么赤身裸体
躺在浴缸
浴缸的陶瓷冷冰冰
让我不会睡着

——让我不会被噩梦侵扰

可这也是按规矩行事

我说
爸爸说的这些事
我一直都知道

规矩
就是规矩

马克伯伯和爸爸

看着我
空洞的眼神里
闪烁着悲痛
和内疚
这让我非常费解
直到最后爸爸跟我说

他那天杀的人

——并不是真正的凶手

你干掉的不是阿基？

我问
对他的意思不是很懂

是阿基

爸爸回答
但是声音颤抖

只不过阿基
并不是杀马克的凶手
他只不过年轻气盛
想耍勇斗狠
想交交江湖朋友
想捞点儿小钱
他的老大
才是真正的杀人凶手

爸爸解释

那……
那……
那你为什么
把他给崩了？

我问

我不知道
他不是罪魁祸首

爸爸回答
声音又一次颤抖

我当时非常肯定
他就是凶手

——还能有谁

我站在丹妮身边

背靠着墙
脑子里一片混乱
盯着眼前的爸爸
——这真是我的爸爸吗?

至少他不是我想象中的那个人
那个行动精准
目的明确、有耐心的爸爸
我的爸爸不会做事没谱
事事冲动
莫名其妙
不管三七二十一

我活了这么久
难道就等来了这么一位
报仇都找不准仇家
让我失望的爸爸?

爸爸此刻
站在电梯另一侧
眼睛也盯着我
我不太肯定
他是什么心情

也许他在想
儿子正是他想象中的样子
也一样让他失望至极

胡思乱想之四

我以前在游乐场
见过小孩跟他们爸爸
一起玩游戏

孩子站在爸爸脚上
爸爸拉着孩子的手臂
两人缓缓地迈步
动作像僵尸一般生硬

孩子必须对爸爸绝对信任
因为爸爸是领路的
他才看得见前方有什么东西

而孩子只能
紧紧抱着爸爸
茫然向后

迈步

不知去向哪里

09：08：37

接着爸爸迈出第一步

他向前一步
我也迈出一步
接着他又迈了一步
于是我俩站在一起

又一次

互相伸开臂膀
这一次的拥抱
里面是更复杂的情绪
既有“我想念你”
也有“你到底是谁”
我很困惑
也很崩溃
不知道自己该做什么
也不知道要去向哪里

爸爸的手
紧抓着我的后背
我也拼命地
把自己埋进他的手臂

沉浸于这种陌生
但又熟悉

微妙的父子之情中

突变就在此时

爸爸从我的腰间
抽出那把手枪

——抵住我的头

我顿时失色

你干什么？

我尖叫一声
震惊不已

你这是干什么？！

爸爸盯着我的眼睛
脸上缓缓滑下
一滴泪水

只有一滴
所以
算不上哭泣

我只觉胸口剧痛
仿佛骤然千斤压下
太阳穴被枪
顶得紧紧

他把手枪上膛
听起来好像
一扇大门关上的声音

我大喊

呼救
可是看不见
一个人影

看不见马克伯伯
看不见丹妮
看不见巴克
听不见他们的声音
也闻不到
他们抽烟时
烟草燃烧成焦油的味

仿佛一瞬间
只剩下我们两个
我和我的爸爸
而且很明显
两个人
都已经神志不清

爸爸站在我旁边

拿着枪
抵住我的一边脸

我第一次
被人拿着枪对着头
第一次
离死亡、离末日，如此之近

而送我上路的
居然是
我的爸爸。爸爸?
爸爸!

估计你们认为

我会怀疑
他会不会真的开枪
毕竟
他不可能是真人

可那拥抱很真实
这把枪也是真玩意儿

弹夹里
可不是什么鬼魂子弹

那可是真东西

一共十五颗
每一颗
都代表我每一年的生命

我感到

肚子很疼
小腹里
阵阵痉挛
没过一会儿
就感觉

自己

——失禁了

一股暖流

冲破下身
沿着双腿
往下流淌
一直流到鞋子里

电梯里的烟味
又一次被冲散
——这一次
是被新鲜的
尿骚味

09 : 08 : 40

这时爸爸把枪卸膛

再次伸出双臂
将我拥抱

抱得那么紧
好像抱着布娃娃一样

他把手枪
又插回
我的腰间

我尖叫着

把他推开
叫得撕心裂肺
嗓子都要扯碎
直到说不出话来
只能发出嘶的声音

太弱了！
居然尿了！
我就是个丢人的
小屁孩罢了！

而此时爸爸
背靠着电梯壁
盯着我
下巴高高扬起
很傲慢
又很安静

——就这么看着我崩溃

跟以前一样

马克伯伯
作为兄长
走到爸爸身旁

抽出耳朵后面
夹着的那根香烟
递到爸爸手上

爸爸接过来
我看见
他剧烈起伏的胸膛

他盯着我
然后将香烟
叼到嘴上

巴克也学着他的样儿
我退到
电梯的一角

心中默默祈祷
这倒霉的电梯
赶紧降到“大堂”

这样就可以
结束这一切
荒唐

巴克又划着
一根火柴
电梯于是又

——停了下来

3

一个陌生人

站在电梯门口
胖乎乎
白兮兮
几乎算得上是个白人
那种皮肤会发红的人
像着火一样
棕色的头发
脏不拉叽
卷卷地趴在脑袋上

他走进电梯
一切都显得很正常

没认出
里面这几位

没认出死人
没认出活口
也没注意烟雾

一切如常

所以我想

这应该是真人

也就是说
我的存在也是真的

可这么一想更加尴尬
因为我刚才是真的尿了?

不过　知道自己真实存在
还是值得高兴

因为这说明
我至少还没有完全疯掉

09：08：47

这位粗壮却肤色浅白的哥们儿

就站在那儿
盯着金属门
上面
自己隐约的身影

然后巴克开始
尝试引起
他的注意

喂！

巴克说

哎，哎！

那家伙还是
没有回应

喂，哥们儿！

巴克叫了出来
抬手
向他肩膀伸去

来人转过身

我认得你

巴克
咧嘴一笑即抿

叫弗里克
对不？

只有熟人
才这么叫我
只有熟人

那个人说
犹豫着
是不是要跟巴克握手

不记得我了？

巴克问
那语气
好像是见到什么
远方亲戚

我是巴克

他继续
并且又转过身
展示他 T 恤上印的东西

该死的
是巴克？

——猛抬头

巴克？

他伸开双臂

混得还好吗，兄弟？

好？
有什么好的？
好个鬼！

我来介绍一下

这是丹妮

这是马克
这是迈克尔
还有——

——你记得
肖恩不？

这是他弟弟

——威尔

弗里克还没回答

我急着问巴克
这个人
他怎么认识

他跟我
又有什么关系

而他为什么
又会出现在这个
闹鬼的

电梯里

09：08：50

我怎么认识他？

巴克
摇着头
带着自嘲的语气

就是这家伙
要了我的命

等等——

等等
　　等下，等下

别急
　　别——
　　急——

看在我死去哥哥的
　　分儿上
　　暂停——

你——说真的？

等下——
你说啥？
　　等下，等下

……

什么鬼？！

你听得很清楚

是这样
这位弗里克——

巴克顿了一下

对了，为啥大家叫你弗里克？

他居然打岔
去问这个问题

其实学名是弗兰克
还有个双胞胎妹妹叫弗兰西丝
弗里克也好，弗雷克也好
都是我叔叔乱起
这种傻名字老人叫惯了
附近人就都这么叫

弗里克如此解释

这话真没跑了
说真的
就是因为你——

巴克又顿了一下
转身看着我

——就因为这货
威尔

大家能知道
我的学名
就因为
——看了我的墓碑

巴克的全名

叫詹姆斯

我只听过一次

不过比起“詹姆斯”
“巴克”更好听

“巴克”的意思
是“小鹿”

是他爸爸
给他起的小名

原因是
他脸上没毛

干干净净
像个婴儿
没有一寸
粗糙

巴克来自两个家庭

两个父亲
一个继父
一个亲生

继父想把他培养成：
　　　　一位牧师
　　　　一位真正的牧师
　　　　不惧怕任何人
　　　　却为所有人祈祷
　　　　——“我为人人”

他的亲生父亲却是：
　　　　一个银行劫匪
　　　　一个只要有机会
　　　　连空气都想偷的贼

人们总说

继父教巴克做个好人
可干坏事
却是他血液里流淌的基因

除此之外
还有妈妈一直唠叨的“夜魔贼”在作祟

这东西
会把你的教养夺去

让你手中有枪
心中有恨
把你的牙齿磨得又尖又利

可起初巴克并不这样

他只不过是个小混混
在路边街角
小偷小摸而已

跟其他混混的故事没什么不同
直到我爸
那晚死在电话亭

那以后巴克就成了
肖恩的大哥
每天凌晨
去附近几处郊区
连偷带抢点儿东西
　　（他很清楚
　　不敢在家门口犯事）

搞点儿钱（最常见）
搞几双好鞋（最过瘾）
或者一些金银首饰（他最爱拿这些炫耀自己）

再说回弗里克

听说就是他
杀了巴克
我很震惊

嗯

巴克说
他一手搭在
弗里克的肩头
两个人亲如兄弟

就这家伙

他扫了
我一眼

难道肖恩从来
没跟你提起？

肖恩没怎么提过

我回答

他只是说
你被人枪杀
而且他知道
凶手是谁

我解释道
脑子里回忆起当时的情景
然后肖恩的脸就像蜡烛
慢慢化去
只剩一丝火苗
在脑海里消匿

我记得那天
警察来家里敲门
询问肖恩
说他们听说
肖恩跟一个叫詹姆斯的人
走得很近

——那就是唯一一次
我听过巴克的真名

警察问他
知不知道谁
有可能杀他
会乓乓两枪
要了他的命

——两枪都打中肚子
——就在大街上倒地毙命

肖恩什么也没有说

没对警察说
也没有跟任何人提

他只是把自己
锁在房间里

关在里面
几个小时

第二天
我看到
他坐在自己床上
把子弹
一颗颗
装进弹夹里

09 : 08 : 54

好吧，我来告诉你

巴克说道

我跟肖恩在球场那边晃悠
弄了一瓶酒，两人喝着
酒很便宜，却很上头

巴克说道

差不多干掉那瓶的时候
肖恩跟我讲
说自己跟黑日帮一个家伙
有点儿过节儿，不算严重

巴克说道

他说得去帮你们妈妈
买一种什么肥皂
只有一家店有的卖
就在黑日帮的地盘里头

我没法跟巴克说

说那种肥皂
非常重要
没有的话
妈妈就要每天挠痒
挠得遍体鳞伤
——因为这实在是白痴的理由

所以我只能
接着说了一个名字

瑞格斯

我不记得这人叫什么名字

巴克继续

他说肖恩跟他讲
自己正在去往
那家店铺的路上
然后这个
家伙　　　　　　**瑞格斯**
跑过来跟他
一通屁话

巴克说瑞格斯的话
也没有什么大不了
也就是嘴上发发狠
说自己是黑日帮的人
说肖恩踏错地盘
这里不是
他该来的地方

巴克说自己感觉得到
肖恩当时
非常不爽

他跟巴克说
自己跟这个　　　　　　**瑞格斯**
从小玩大
这家伙在黑日帮
不过是新来的罢了

巴克说他跟肖恩讲过
说这事不如就这么算了
可是肖恩不甘心
因为骨子里他就是
这样的性格

——冲动起来
不问时间、不问场合

巴克说

肖恩叽里呱啦地说着这个瑞格斯

我给他看看
我刚从附近一个孩子那里
搞来的金链子
都不用抢
我只不过吼了两声
那笨蛋就乖乖
摘下来双手奉上
不用我费丝毫气力

巴克一边说
一边回忆那天的情形
仿佛至今难以相信

可这——
跟我哥被杀
还有——这家伙
——有什么关系？

我一边说
一边冲弗里克指去

别急
下面就要进入正题

当时肖恩

对这个瑞格斯十分不爽
于是我就把金链子给了他

巴克说道
语气不乏骄傲

算是我送他的礼物
——他人生第一条
之后肖恩就
离开了篮球场

这时就轮到我上场

弗里克插话了
他的脸上
笑意盈盈
仿佛刚刚
赢了什么
大奖

要想加入黑日帮，有三个条件——

1. 地盘：

   必须住在离我九条街的那片地方

2. 帮徽：

   右眼下面，用烟头烧出一个记号

3. 投名状：

   要么找个人去抢

   要么找个人去打

最狠的

就是找个人

——杀掉

注：看来黑日帮成员还都很爱俗套

我被派了个任务

作为加入黑日帮的
投名状

弗里克接着说

就是要巴克的命？

不是

他说

好玩就好玩在这里
我起初只需要
去抢他的东西

——我可没觉得
这有什么好玩

大家都知道
巴克很嚣张
喜欢炫耀
可没人敢
动他一根汗毛
因为他两个爸爸

继父、亲生的
——都很有料

混黑帮的

都很尊敬
老一辈的
　　　　（正宗的）
黑帮
也很尊敬
某些牧师
因为他们行事
跟黑帮一样

弗里克说

他的计划
就是黑吃黑

他说自己清楚
巴克那时候肯定在球场晃悠

于是他快步上前
掏出自己的重器

——却被巴克笑话不已

巴克说

他怎么可能
被一个这样的夙货
搞定
这家伙简直
跟之前他抢的那个郊区的小子
一个德性

说完电梯里
大家也都笑得起劲

只有我一人沉默不语

09：08：58

随你怎么说吧

弗里克接着说

我也就是
混口饭吃而已
有什么丢人的？

说完他转过身
眼神与爸爸和马克伯伯
相遇
他们点点头
似乎非常同意

我们俩不做评判

马克伯伯说着
双手举起

反正吧，这个笨蛋
巴克，举拳就朝我挥
显然是要把我拿下
——尽管我手里攥着武器

弗里克望望
巴克摇摇头
然后陡然
望着我的眼睛

我害怕了

于是
扣动了扳机

巴克说完

弯起小拇指和无名指
手模仿成
手枪的样子
作势
然后
发出
乓乓
两声

还是一样的问题

这跟肖恩有什么关系？

我问

肖恩，他坚持老规矩

弗里克回答

你是说——

我咽下一口口水

你是说他——他——

我想说却说不出口

这时巴克
拿手比画的枪
顶住弗里克的胸口
然后重复

乓！
乓！

其实呢

肖恩只不过
扣了
一次扳机
所以其实
是乓的一声

弗里克予以更正

——于是枪里才只有
十五颗子弹

所以，在我还没用烟头烫上标记之前

我就被干掉了

弗里克说

他擦了擦自己的右眼下面
好像这个失误
一直让他很困扰

弗里克把衣领拉下来

瞧见没？

他说
露出胸口
一个窟窿
硬币那么大
狰狞恐怖
血腥
却没有鲜血奔涌

这里面
还有你哥哥的指纹

巴克哈了一声
我还没来得及说话
他就已经
急着搭腔

我敢说
指纹一定
是中指哦！

玩笑开完

我问
肖恩怎么知道
弗里克就是
杀巴克的人

巴克说
那晚在球场的
只有一个外人
这家伙不同寻常
他基本就住在球场

是个年轻小子
每天在那儿跑来跑去
却不愿投球
一心只想灌篮

他说这个人
说不定我还认识

名字叫托尼

还有
与其说他在灌篮
还不如说他想飞上天

托尼跟人说这事

倒不是因为想揭发谁

揭发是去跟警察
偷偷摸摸不干不净
他绝不会去找警察
也不会在镜头前哭喊
这一套他可不会

托尼跟人说这事
是因为他要表态度
站立场
对这片儿的大佬
表明自己的忠心
他想变得
更高
如果长不了个子
——就给自己加点儿实力

09:09:03

我来问你

你怎么知道
这个叫瑞格斯的小子干掉了你兄弟？

巴克突然反问

显然是因为肖恩干掉这家伙
所以他要肖恩抵命

我指着弗里克回应

弗里克
这个瑞格斯，你认识不认识？

突然在我身后
悠悠飘来
问话的声音
是丹妮

小个子
大嘴巴
黑日帮的

我还以为
自己这番描述
会让弗里克回忆起

可他看着我
眼神茫然

你说谁？

变位词之六

我真想知道
哪个词可以和

“POSER”（装腔作势）

互相变位

弗里克看着我的样子

好像我有病
他耸耸肩
转过身
面对电梯门站立

而我居然
看不到他的身影

也看不到
电梯里其他人的
身影

金属门上只有
我一个人
影影绰绰看不清

弗里克

自己带了香烟
自己带了火柴

终于
终于
终于

电梯又停了

2

电梯门打开

门外没人
于是我伸出手
去按那个“L”按钮
按了一遍
一遍
又一遍

当你想让电梯门赶紧关上
一般来说
就是这么操作

这也是
坐电梯的
规矩

快点儿啊！

我气急败坏
低声催促

急不可待
生气
非常生气
恐惧
非常恐惧
挤在这
讨厌的
铁盒子里
这垂直的
棺材里
再待一秒
都是极其

极其

憋屈

马克伯伯呵呵笑了

小子
你在监狱里
绝对活不下去

终于

电梯门
开始关闭

我舒了一口气
终于要到了
高兴

只剩最后一层

电梯门
就要扣合
关紧
突然四根手指
伸进门缝里

于是
电梯门
再次要开启

09：09：07

是他

——肖恩

他走进烟雾缭绕的电梯间
跟前晚
一模一样的装束：
蓝色牛仔裤
T 恤
金链子

不过这不是活人的装束
是死人的衣服

上面还有
血迹

所有人

看到肖恩
都很高兴

肖恩！

巴克大喊一声
朝他
伸出手去

两人击掌示意
巴克还摆弄一下
肖恩脖子上的金链
把卡扣
挪到他脖子后面

肖恩看看丹妮

哇，看你都这么大了！

他带着惊喜
然后拉着丹妮的手
带着她原地转了一圈

马克伯伯
则轻轻在他腰间
拍了一记

大小伙子！

他
带着骄傲的语气

肖恩转过身
抱了抱马克伯伯
然后眼光注意到
爸爸在一边站立

老爸！

肖恩喊了一声
自然而然的亲近
他的脸
熠熠生辉

爸爸伸开双臂
拥抱肖恩
将他紧紧
抱在自己怀里

然后他又松开肖恩
与他郑重握了握手
像两个大人一样

又像老朋友

所有这些

活不成
也死不了的人们
站成一排
背靠墙壁
吞云吐雾
笑眯眯

这时
肖恩终于
　　　　终于
转脸看着我
他的弟弟

小时候

我喜欢跟在肖恩后面
在家里东窜西窜
同时用嘴
发出奇怪的声音

这种声音很难解释
像打嗝，又不是真的打嗝

像是打嗝跟哈欠
跟哼哼唧唧
混在一起

就是这么个味

一叫就二十分钟不停
从卧室跟到厨房
从厨房跟到客厅
又跟回卧室去

为了惩罚我
肖恩会等我叫完了
等我发泄完了
等我放弃
等我用尽
幼稚的气力

然后

——我怎么也想不到
他一言不发
就这么一直沉默
直到这一天过去

我看着肖恩

他也看着我

肖恩

我叫他

可是他
不言不语

我又叫一声

肖恩？

他还是不发一语

我朝他走过去

跟他拥抱
可他并没有回应

他只是站在那儿
看起来有点儿尴尬

不合时宜
就像卧室中间那个抽屉

我问他

为什么不说话
为什么当我如空气

可是
他仍然
不言不语

甚至没有一丝笑意

我跟他说

说家里
那个抽屉
里面的那把枪

还有
我是如何按“规矩”行事
就是他跟我讲的规矩
也是巴克跟他讲的规矩
也是我们爷爷跟马克伯伯讲的规矩
而马克伯伯又说给我们爸爸听

我按照“规矩”行事
至少是按照前两条：

一、我没有哭泣
二、我没有告密

我继续解释

说我这会儿
正要去给他报仇雪恨

这是按照
第三条“规矩”

告诉他我知道凶手是瑞格斯
告诉他我猜凶手是瑞格斯
然后
再重复一遍

我跟他坦白

说我很害怕
说我需要确定
自己做的
是对的事情

规矩就是规矩

对吗？对吗？对吗？
对吗？对吗？对吗？对吗？对吗？
对吗？ 对吗？
对吗？ 对吗？
对吗？ 对吗？
对吗？ 对吗？
对吗？ 对吗？
对吗？ 对吗？
对吗？ 对吗？
对吗？ 对吗？
对吗？ 对吗？
对吗？ 对吗？
对吗？
对吗？
对吗？
对吗？
对吗？
对吗？
对吗？
对吗？
对吗？
对吗？
对吗？
对吗？
对吗？
对吗？
对吗？
对吗？
对吗？

肖恩？

我感觉自己正在崩溃

眼泪要往外流
我只能尽力
忍住

不再去看肖恩
希望这样就可以战胜眼泪
不会哭泣

可是望向任何地方
都有这些人在那里
他们的烟头一闪一闪

仿佛好多个“L”按钮亮起

09：09：08

我回头再次望向肖恩

这时他的眼里泪水奔涌
他轻轻啜泣，声音哽咽
像个小孩

眼里泪水奔涌
泪水奔涌
奔涌的眼泪

肖恩
你以前不是说
不许哭泣

我问他
我的声音嘶哑
终于忍不住流下
一滴泪水

只有一滴
不算坏了规矩

不许哭泣

不许哭泣
不许哭泣
不许哭泣

尽管此刻

他泪流满面
但是活着的时候
他也一样
不能哭泣

在我心中
他是我的哥哥
不能有
丝毫贬低

我最亲的哥哥
我的唯一

这时传来一阵声响

就是电梯运行
那些设备

线缆、齿轮
还是什么东西

摩擦
金属搓在一起的声音

仿佛机器的嘶叫
但来自

肖恩的嘴里
肖恩的肚子里

他一句话也没有对我说
只是发出
这种撕心裂肺
痛苦的声音

一刹那
电梯骤停

胡思乱想之五

你知道那种
自己脑子里的声音

就是人们说的
耳鸣

听起来不像铃声
听起来更像
心电图变成一条线的声音
——断气的声音

在电梯门打开之前

有那么一瞬间
我们就这么站在里面
烟雾
浓重

大家痛苦地
安静地
挤在

这个斗室里
这个电梯里

——这具棺材里

我睁眼四望

只看到
五根燃烧的香烟
五点橘黄色的火光
点缀一片浓浓的烟雾
仿佛浓雾里的几盏
汽车大灯

只有五根香烟

肖恩没有抽烟
在烟雾里他变得模糊

我感觉
他该抽的那根烟
此刻正烧在我的肚子里

让我体内
充满燃烧的恶臭气体

09：09：09

我想出去

电梯门缓缓打开
浓浓的烟雾
夺门而出
也从我体内冲出去
仿佛怒波横流

我喘了口气

这时
巴克
丹妮
马克伯伯
爸爸
弗里克
还有
肖恩

也紧跟在烟雾之后

“L”按钮
终于熄灭

于是空空的电梯里
只有我一个人站着
脸孔僵硬
眼泪干枯
牛仔裤松松垮垮
一把上膛的手枪
依然
别在我的身后

肖恩回头
转身面向我
死人眼睛的空洞
却带着眼泪的晶亮剔透

他终于
对我开口

说了三个字
仿佛最后这个段子
他已经存了好久:

跟我走？

图书在版编目（CIP）数据

最长的一分钟 /（美）贾森·雷诺兹著；徐涵译
. —北京：北京联合出版公司，2021.1
ISBN 978-7-5596-4514-2

Ⅰ. ①最… Ⅱ. ①贾… ②徐… Ⅲ. ①长篇小说－美国－现代 Ⅳ. ① I712.45

中国版本图书馆 CIP 数据核字（2020）第 165591 号

最长的一分钟

作　　者：〔美〕贾森·雷诺兹
译　　者：徐　涵
出 品 人：赵红仕
责任编辑：孙志文
选题策划：千寻Neverend × 乐府文化
特约编辑：耿　丹　刘美慧
装帧设计：木

北京联合出版公司出版
（北京市西城区德外大街 83 号楼 9 层 100088）
北京联合天畅文化传播公司发行
北京华联印刷有限公司印刷　新华书店经销
字数 200 千　1092mm × 840mm　1/32　10 印张
2021 年 1 月第 1 版　2021 年 1 月第 1 次印刷
ISBN 978-7-5596-4514-2
定价：48.00 元